海をひらく

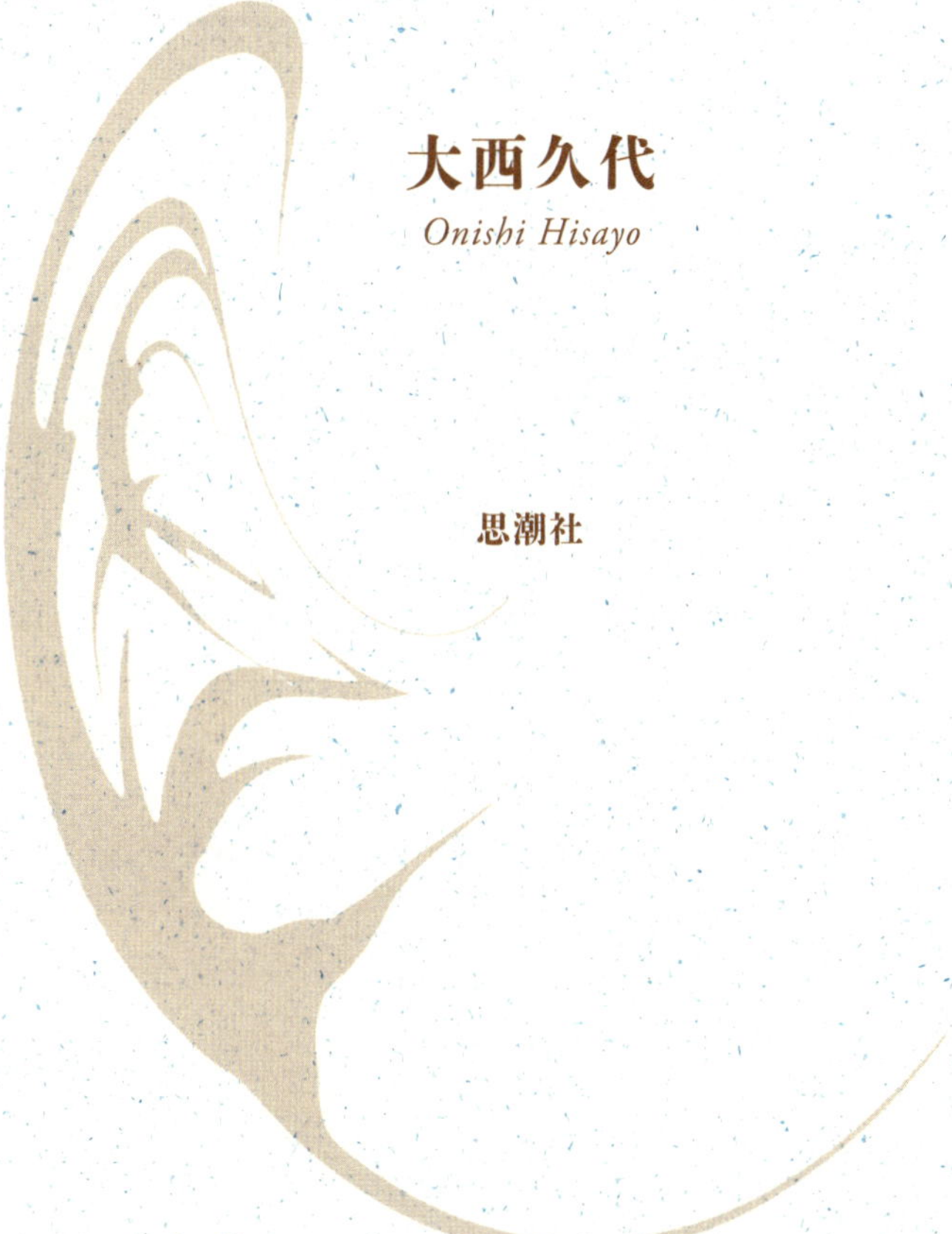

大西久代
Onishi Hisayo

思潮社

海をひらく

大西久代

思潮社

目次

Ⅰ　海をひらく

II　野ざらしキリン

Ⅲ　父の舟

装画・装幀＝倉本修

海をひらく

I

神椿

透明な空気に満たされ
つぼみという宇宙で魂はのびあがる
まだ　花と名付けられないものが
光へと首をもたげていく
静まり返った林道をひとりの男が
とある意図を忍ばせ登ってくる

金毘羅宮の裏参道でひっそり
咲き続けるヤブツバキ
男の心にいま甦る

遠い時代《あのころ》の人の心を揺らした
花のつやめき
開いたまま首を折る哀切
生きてあることの敬いと
死にいくことへの畏れ
を滲ませて

男は壁面にあふれんばかりの椿を描いた
藍の色を想わせる紺一色で
磁器のタイル画が生みだす原生
冷気にも似た紺椿から水がしたたる
甦る葉と葉　つきぬけていこうとする花
花蕊は風をまつ

奥社へ千三百六十八段の跫音
竹杖を響かせて

秘めた祈りが路地にこぼれる
空は無色にひろがって
天空からの光が
静かな願いのように
花に注がれる

初雪草

照りつく日差しをはねのけて
初雪草は男の庭に白波をたてる
寄せてはあつくささやき
曳いてはせつなくもとめる
手折ろうとすると白濁した汁を
ねばつかせるから
素早く手鋏できりとり　備前の壺に生ける
和室はあかるんで
はや還ったものたちは鎮まっている
八月の空の高さを数えるように男が

種を蒔くようになったのは
いつだったか

魂は還ってくる
求めればくるものでもなく
さりげなく男の褥に忍び寄っては
ないことの頼りなさをよびさます
咲いていること
陽を浴びて風に揺れていること
視線の先で光るものをぬぐい
隔たりを確認する

男の海が干上がっても
地におちた小さな黒い粒は
時を恐れず満ちてくる
男もまたひもとくだけの刻の綾に身を浸し

今や夏の陽に溶け合っている
幻の白い花を切りとっている
還ってくる日を数え
重なってゆく半身を痛みのように感じながら
指先をしたたらせて

海をひらく

海に向かい叫びあるいは感涙の時を持つことがある　波のカノンにかたくなさを預けて　空をよび合う水平線に諦念の色はほどける　祈りの底で震える希望　鮮烈な事象に立ち向かう海はいくつもの物語りを内包する

原初の水の起伏はどのようなものであったか　水脈を伝って迸る水の集積　満々たる水が海へ流れつくとき　青の深みへと生存の手を浸した種の歓喜　誕生は水からはじまる

岸辺に落ちたひと葉　風の裁量を避け　陽に灼かれ越境線を漂

う　信じること　背を伝う波音を快楽として　海は運ぶ　漂着
する至福　大地という終息の場はととのえられる

海は森と呼応する　海に漂う月は森を冥く照らす　生も死も飲
み込んだとばりを察知する　森が夜通し震えるのは海の負荷を
知るからだ

瀝る青を纏って　日々の底に定着してゆく　三半規管に宿る波
音　取り出し謳い　体に染みた冷ややかさを懐かしむ　記憶の
底でひらこうとする　いつか鎮まっていった悲しみ　波線と荒々
しさを秘めた海の緘黙

三月の蜂

紅梅の背後に
とろんとした海の青
手にした地図は膨らみ
くねる斜面でゆるい風が
生みおとされた微細なものへ胎動をうながす
木箱の底がたわんでいく
近づいてはならない
なめらかな黄金色にゆらめく内部
透きとおった殻を破ろうとする
うすい羽　はらむやいば

空気の層を伝って
ダイブするまえぶれ
この闇は下界のあかるさと拮抗する
傷ましいもの
透きとおる兵士
命の軌跡を曳いて
高みへ　飛べ
黒く斑のボーダーは突き破れ
この地上の敵をひるむな
なだれる梅へシャッターがきられる
折しも墓地では　彼岸詣で
暗闇に手向けられる細いけむり

地図の膨らみへ
切りこんでいくひかり
差しこむ音玉

花びらの奥

高い塀に遮蔽されている
わずかに右門から濃い色の花が覗く
不用意に路地を左へ曲がってからだ
行く先が細くなり抜け出られなくなった
引き返そうとすると白いもやがかかり
あれは冷えた空気を遮断した陽のひかり
未だに癒えない右腕の痛みにしたって
ある日突然横すべりに体が浮き
全体重を右腕に掛けてしまったことによる
レントゲン写真に浮かぶ細く白い骨組み

永く続く痛みだけがふいの惨劇のこんせき
何処からか　ぶちの猫が横切り
フェンスの下を背をかがめ器用に潜りぬける
路地は緩やかに曲がりながら
未だ空間を現さない
ふいに逃
と口に出し
亡
と促した若い男の蒼ざめた横顔
ざわつく皮膚の下で体温が上昇してくる
海の見える高台の秘密基地で待っている
信じた訳ではない
甘い言葉が胸にくい込み幻想を抱きかける
限られた命を賭ける最後のとき
まなざしの強度が現実を破壊しそうだ
私は盲目の魚かもしれない

釣り上げられた空をしらない
衝撃の死
が答えだ
抜け出せない
家々の佇まいは静寂そのものである今は
冷たい　塀の上部は槍のように天に突き出す切っ先である
ポトリと壁際に咲く赤い花が落下する
椿である
盛りを断ち切って堕ちてゆく
しゃがみこんで掌にのせると
やわらかな花びらの奥でちりちりと燃える熱がある
いきなり天空から轟音が落ちてくる
上向くと回転翼を唸らせヘリが飛ぶ
切り取られた空に浮かぶ船
音だけが
頭上を旋回する

なだれる

おどけた赤い服の駱駝使い
背丈ほどの棒のうえで片足立ち
日に焼けた顔に笑みをはりつかせ
バランスをとった足のあいだから
砂はなだれている
客をまっている駱駝
雨雲が早足に砂山を覆いくる
遠い瞳が今日なんど荒れた海を触っただろう
砂漠をいくように永遠を曳くように
駱駝をうながす

砂

他人のふんだ跡を重ねて歩く
砂山は切り立つ
壁
息を切らして登りきると眼前は荒ぶる海
高波が白くうねるところ
煙っているか　押し隠して
その果てで何かがうまれ
何かが没する
黙することを教唆する
もはや何も持たない個の存在が時を数えはじめる
繋がりが還っていこうとする砂は

風に吹きあげられ波に寄せられる
時の集積そして変幻　風紋に宿る雨粒は

一挙に勢いをます
つんのめり　喘ぎつつ降りてゆく
駱駝は留守だ
砂がなだれる
土産物屋に砂粒はなだれ
ツアーバスの足元に砂はなだれ
眠りのなか押し寄せてくる
からめとられた足　駱駝の眼のなかを
日本海がゆく

六月

折りかさなる枯れ草を　やわらかにふむ　竹林のひんやりした暗さ　見あげる天空に流れる　蒼　不意にひらけた草地にでる　河原かと見まがうここは　ヒメボタルの棲み処　あの夜手探りで妖《あや》化《か》しの湿地をさ迷ったところだ　靄った暗がりからおし殺した吐息がよみがえる

　あの夜　驟雨のあとの　ぬかるんだ彼岸への通路を　低い姿勢のまま進む　細い雨がおちて来る　ほら　あそこ！　声の方向に浮きでる僅かなひかり　チカッチカッと瞬間をまたたく陸に生きるヒメボタルの命のかそけさ　やがて闇間を小さな点

滅がいきかい始める　足首をぬらす私を　遥かに　日常から遠いところへいざなってゆく

砂地に生きるヒメボタルのメスには　後翅がないという　草の枝にとまり誘っているのだと　光りながらやってくるその相手を　静寂のなかの切ない逢瀬　こんなにも近しい雨の夜　この地上の狭《はざま》を生きている　隠れすむ　ひそやかな生きもの　ひとたび大地が穿たれると　命は息絶える　私の足元が揺らいでくる

さびしさの深みから覗いた混沌　ここは地上のどの辺りか知ってしまったのだ　あの夜　言葉をなくした背に　風が渉ってゆくところ　烈しく生き　ひっそりとおわる

心の水はもう　ほどけはじめている

誤算

　度重なる警告をふり切って　あの男はどこへ行こうとしたのか　あっという間に　熱気球と大地をつなぐロープを切り裂いた　気球は上昇し　みるみる高度を増してゆく　裡にふりつむ黒いものをふりはらい　高みへ昇る快感を恩寵と信じた男　飛行可能ではないエリアを飛ぶのだ　救援の気球はまちがいなく来ると踏んだ上でのいつものやり方だった
　快晴のその日　男が所有した空に　川は流れを煌かせ　田の緑は波とさざめき　ゴンドラの下を風はトビウオのごとく流れていった　その息づく風景の中に　石になった男の生があった　上空に身をおくと　汚れた石さえ灌がれる気がした　一瞬

男のしだく一生が何ものかへと浄化される　禁を犯しても手に
入れたかった刹那の情動でもある　男の日々が反転し　征服者
の顔となる
　半日分の液化石油ガスが尽きれば　運転は不能　気球は下降
し大海原に没するか　氷山に激突するかだ　急激な寒さに怯え
ながら　来るはずの気球を待っただろう　遂に果ててゆくとき
男の空はばりばりと剝がれた
　身勝手で計算高く空を我がものにした奴　バルーン大会の会
場にやって来て　食い入るように気球を見あげていた　空には
何もない　持たない男にふさわしい無限の拡がりに　憑かれた
のだとも言える
　蒼く澄んだ空をうっとり見つめていると　あの男の乗る熱気
球が天に浮かぶのを見ることがある　並びのわるい歯を見せて
夢のように笑っている

定めない旅

その門をくぐることになろうとは　大楠の樹のうねる枝々が高々と青天へ上昇する　その日からひとり室に座し　開け放たれた築山泉水庭と対峙する　地上に繁るたけ高い草ぐさに伏した身には　染み透る苔の緑　菩提樹の黄色の花粒さえなにものかの采配ではなかったか

日は昇り日は沈み　死に絶えた時が横たわるのみ　頬がこけ座すだけがやっとのわが身に　雨上がりの朝　チチと鳴く鳥の声が響き　見あげると大楠の葉陰から今まさに雨滴がおちゆくところ　葉から葉へ音もなく伝いきえる　雫はひかりを浴びた動くものに形を変え下ってくる　うねりながら光る生き物が鮮

やかさをましてくる
　あなたはそこに居られましたか　めり込んだ足を冷たい水で清め　一枚の紙を手渡し逝った人　全身をひかりに包まれわたしの方へ　揺すられる　ほどかれる
　——光る魚に会いました　その答えを聞くや座すことを命じた人は直ちに旅の支度を用意させた　その朝大楠の葉はざわざわと秘めたものを天にばら撒いた　門を出る私は既に老婆で眠りこけていた時の永さをしらない　ただ光る魚と出会えたことが　定めない旅の僥倖である

II

芹ものがたり

水音が高鳴って
盛り土が崩れはじめるころ
水辺を埋めた芹が鮮やかに濡れて
朝のひかりに輝きをます
私の籠はもう
いっぱい
ひび割れた指先から血が滲みます
水は畑の真ん中を流れてゆきます
屈みこんだ私のおなかは重く

もうすぐ黄色い羽をもつ
鳥たちが孵るでしょう
空は育ちゆくものたちで噎せかえり
黄砂に汚れて戻ってくるかもしれません

芹は春をくりかえしますが
いつか畑は年ごとにやせて
虫どもも姿をみせなくなりました
やがて建つだろうマンション群の
シルエットばかりが地面を覆います

冷たい芹は食卓のうえで
生きいきと香ります
と思うのに　どこか憂い
蟹の爪型の巨大なクレーンの轟音は
止むことがありません

いまに天空を破り　黒いものが降るでしょう

影は芹を飲みこんでゆきます
剝がれた根の密かな抵抗
水が流れを止めるころには
私のお腹は寂しさを溜めた
芹でいっぱいの筈です

反転する鯉

黒くて大きな鯉がいる
という噂
丈高く茂った葦や夏草が
静謐ないきものを匿っている川
を覗きみる私から

山から引いた糸水がそそぐ祖母の池
水底によく太った鯉
ゆったりと背鰭をうねらせ
祝いの席や病人の食卓にのせられた

観賞用として飼われていたのではないのだ
知ることもなく幼い手で瓜の種を投げた

ある夜　私の水辺に
つやつやと鱗を光らせ一匹の鯉が近づいてきた
尾鰭をなびかせ大きな姿を誇るげに
でもほんとうは傷を見ろ　と訴えていた
すると反転
鱗は剝がれ　痛んだ身が晒けだされた

流れの底に潜むものの気配
燃え盛る花火をほうりこむ男
石つぶてが飛んでくる
謂れない災いを防ぐには
身を隠すこと　水音をたてぬこと

ひっそり生きる鯉を脅かす音
疵つきながらも流れを溯ることが
誇りたかい鯉の潔さ
ひとすじの光のほさきを求め
そよぐ葉を抜け
鯉　遁走する

熊

チシマザサの生い茂る山陵では
熊が出る
風が葉をなぎ倒すように渡り
サワフタギの実が青く揺れる森の奥を
限りなく飢えた黒い背が
走り去る
その年
各地で姿を現した熊は
撃たれたり　捕獲され
長く伸びた体を人目に晒し

運び去られた
冷え冷えと大地にひろがる沈黙
熊という風体に隠された悲しみ
巨体がもつあらわな羞恥
黒光りする体毛がひっそり覆う心音
自由という名の原野では
命も自然のからくりと
取引される
川の流れに体を洗い
空気を裂く空に悲哀をあずける
導かれる体が岩穴に戻るとき
地平は事もなく静かで
その黒い瞳は
見たものを反芻する
はるかに人間から遠く
きわめて人間に近く

その空の下を
オレンジ色の輝きが目に眩しい
熱いものがさざ波のように体を満たし
もう熊の路であるか
他生物の領域であるか
不確かな謎を秘めて
睡魔へと落ちていく

パオーッ　ブオーッ

故吉久隆弘さんに

夢の底を水音をたてて
一頭の象がやってくる
遠いサバンナをぬけ
湿地帯を踏んでくるのだろう
砂ぼこりや泥水を体に浴びている

丸くなったり伸びたりする鼻は
私の腕と会話する
(磨きたい石は幾らもころがっているから十年かけてきっと輝かせてみせる)

きえた夢の断片を
薄闇にはねあげて
切れぎれの肌から血が滲んでいる
痛んだ心音は低く乾いた砂の音を含んで

象が渡った道筋には
沸々と熟成されるものがあふれ
足跡となって沼地にのこる
ひからびた大地の疵口は
翼をもつ軽やかなものが掬いとる

パオーッ　ブオーッ
叫びたい時を耐えてきたから
象になって思いきり風をよべる
巨体をゆらしながら
旗が高々と掲げられる

象の還ってゆく道は赤い半月に照らされ
雨のあがった草原のうえを
ゆっくりと秒針が廻りはじめる

西日の射す時刻になると
電話音が鳴る
あの日のように
薄暗がりの病院の公衆電話から波がよせて
私の体がしぶきを浴び
遠い国で水浴びをはじめる象の
大きくはばたく耳へ
しっとりと濡れた言葉の続きが
青ざめた海原を渡っていく

野ざらしキリン

地図を広げる
濡れた窪地から風が起こり　きのう
自転車が走りぬけた道を
指先は辿れない

病歴の書きこまれた書類を
正午までに届けること
名医を求めて訪ね歩いた
という母とのやりとり
記憶がまたひとつの風景をたぐり寄せる

列車の窓がきり裂く海　白い波頭
鳥の行く先に半体を沈ませた舟
不安定な形が生なら　私
脱げない靴のまま
傾いている

忘れられた小さな公園
濡れたアジサイの蔭からキリン
熱砂の草原を行き来する
夢の距離だけ
痩せていくことも知らないで

迷った先の交番も雨水を滴らせ
広げた古びた地図から
目的地は鮮やかに見えているのに
早　昼を告げる迷い鳥

手続きは始まらない
濡れた靴の先で紙幣がつぶれる
傾いだままキリン
遠い日の子供の喚声を呼んでみる
剝げ落ちたペンキも汗に濡れて
視線の先でサバンナ　蜃気楼に揺らめいて
踏み続けるペダルが重い

リターン

背に伝う水は床を濡らす
オールを持つ手は時の重さを確かめる
暗い海を漂い続けた記憶
開いた窓から見渡せる神殿址に
真昼のひかりは降りそそぎ
時代を駆けぬけた者たちの
声が風をまとってなだれこむ

背もたれ椅子の脚は壊れる
部屋は微かにゆがんでいき

棚から落ちた本の中から鳥や魚の
ひそやかな声が立ちはじめる
未知の領域が涼やかな音色で私を誘う
疵を抱えてでかけた
青いまま

無明の空を舟は傾きつつわたる
仮装を纏って生きる私が
たどり着けるのは漂白の岸辺
水の鏡を伝ってかなたから呼びくる
すくいであれ呪縛であれ
揺れる声に導かれ暗闇を降る
水音はもはや歳月を越えて
流浪するものを鼓舞する

開け放たれたままのドアー

床の水は水量をまし
帰還した者を再びいざなうだろう
とめどない渇きへの恐れ
漂うものは
オールを出口へと漕ぎだす

＊デ・キリコ展［ユリシーズの帰還］より

ひまわりに背かれて

うらぶれる夏
日回草はうつむいて
バスの窓がきりとる絵は
夕暮れを一撃する

ゴッホをたぶらかしただろう
うねる灼熱をつかみとらせ
狂気と熱情にほとばしる手に
炎天を抱かせた

何者になろうとするのか
たくらみをひそませ
高みへと向かいながら青ざめ
さめざめと凍りついていく

雷雨に串刺しにされた体
貫かれた矢はあしたを解体する
ひかりの水に導かれ
志向する体をすきとおらせ　みちていった

むきだしの本能の傷ましさ
孕んだもので
重い頭冠を
うなだれていく

れもんエレジー

春の海がうっとりと拡がる記憶の浜で
もいだばかりのれもんひとつ
陽にかざした君の
うなじの白さ
むこうに渡っていくから
何も持たず今は
れもんひとつ未開のまま
瞳を釘刺してわたされる
ひとりにしないで
と泣いたなら春は

暮れたのだろうか
とっぷりと
固いれもんは戸惑いのなか
どこまで私を探しにいったろう
海を見おろす高台の
あかるんだ地表に浮いていた私の足
渡りたい
くちをすてて
めをすてて
蝶になったら近づける
飛ぶ蝶を見かけたら
からだひとつ
賭けたのだと
知る由もない君の空へ
小さきものの開示なき飛翔
明けてゆく雲間に

高まってゆく　からまわり
私のうすい余生に
れもんが寄り添ってくれるなら
春の海のなごりのひとつ
すっぱく泣いてみる
きいろく笑ってみる
君のれもん未開のまま
私をゆすっている

サムサーラの岸辺

窓があかるんで部屋をみたすと
沈んだこころはにわかにゆるみはじめる
池をとり囲む桜が水辺をゆらめかせ
しきりに傷む母を呼びよせる

肉体にすりこまれた葡萄色のきおく
母の砦であった家が壊されることになったとき
すりきれた歳月からこぼれおちてゆく
慈しみ守りついだものたち　その矜持が
破れ　はがされ　とろりとした混沌のなかで

いとしい日々が清しく今をささえている

嫁いだ紡績の街　糸を紡いだつましいくらし
つれあいをなくし　永く乾いた時の底
ふりつもったくぐもる声を肩からぬぐい
都市にすむ息子のマンションの重い
ドアーのすきまに足を踏みいれた

満開の花の下の母とふたり
桜は寂しがりや
人を呼びよせ　下向いて咲く
腰をのばし　ふれる花びらの薄さ
いつか還りゆく日をかぞえ
たどりきた途の遠さを懐かしむ
夕暮れを淡いもので溢れさせ
池の面をしろい鳥たちが渉ってゆく

母よ　私たちは
はかない舟に身を預け
流れにうかぶ一人ひとり
つかのま咲き誇る桜の海へ
三日月の櫂で漕ぎだそう
遥かな時のあわいに手をひたせば
とらわれの身の苦しさも
サムサーラの岸辺に溶けるだろう

＊samsara（梵語）流れの意。輪廻。

無花果

どこまでも蒼い空をばりばりと破ると
黄金色に熟れた無花果がぶらさがる
のけぞるように首を逸らした私の耳に
たくさんもいでお帰りよー
幼年の空の明るさは
したたる白い液汁ととびっきりの実の甘さ
育ちゆく果肉のゆれる庭という夢想
土から伸びる枝　繁る青葉
透きとおる膜にひかりを綴じ込め
乳房のような重みをもぎ取る

とどまれない生活者
都会の空を放浪者のように巡り
季節は瞬く間に黒雲を抱いたから
コンクリートの表層で
青いままの干からびた　かけら
食卓の上のトルコ産だという鮮やかな
緑色の無花果は
口の中で甘さを結ばない
プチプチと広大な丘をわたる寂しさを
確かめるばかり
小さな体に風を纏わせそこでも私は
物欲しげだろうか
生涯の記憶のように鈴生りの
あの無花果は私の中で今も豊饒

昂揚

踏み入れた暗がりに　水のひかりを湛えて　あった　穴というものが　これほどの磁力をもち　迫ってくるなど　砂漠の中に現れるという　幻の湖に似て　穴が引きよせたのではない　遠くを望んだのは男である　隊列を乱し　ひとり降りていった

男が水音をかき分け　暗がりへ入って行くのを誰もが見ていた　洞窟の調査隊が　男の不在に気づいたのはどれほど後だったか　俄かにとって返し穴まで戻る　濡れた水が確かに痕跡を留めたが　男の姿はどこにもなかった

小さな紙面が語るのはここまで　ある地方の珍しい事件　男はどこへ消えたのか　男の眼は何を捕らえ　何に導かれて隔た

りを超えたのか
私は靴のまま水のひかりの中を　穴へと入って行った　おーい　止めとけよ　仲間のひとりが笑いながら通り過ぎた　満ち足りないものを持つ身に　拡がるかもしれないではないか　死にも似た隔絶を希求するので　暗闇の先に不知の　涼しい河原があるのではないか　底に在るものとは　恐ろしいと思う反面　たまらない昂揚も覚えた
足先は硬い岩の間を巡っていた　ふいに深みへと吸引され岩と岩の間が細まり　そこから大気が烈しく流れている　一瞬まぶしいひかりが射してきて　何者かの手が奥へおくへと引きこむ　果てしなく引きこまれる
永遠という闇だったろうか　男も私も還ってこない

あしたへ続く言葉を

白く光る下草を踏んで
蛇行する細道をゆく
ダム湖の湖面がさざ波立って私は
時代のどこにいるのだろう
白く小さな花をこぼし続けるねじり木を見つけた
からんだ枝は青い水を抱くよう

幾世紀を吹きわたってくる風が
私の耳元で囁く　果ててしまうと
地球の熱が崩し去ってゆく氷河

あふれ返る水に晒されながら
ふくれるばかりの欲望をなんど嘆いただろう
天に向かってひたすら昇りつめる
気がつけば最初という場所からどんなに遠く来たことか
足元に小花を踏みつけて
この指先に伝わる熱のいたみ

たどり着いたのはオアシスだろうか
ねじり木は単に錯覚に過ぎないのか
立ち枯れた木々の先で
歳月は重くぶら下がる
崩れゆく地上を見続ける恐怖
幼い者たちの低くくぐもった叫び
どんな裂け目からも　明けくる風を呼ぶことはできる
その時声は新しい日に響くだろう

命は果てる　いつか
思考のかたちは残してゆく　闘った証しとして
来るべき季節の中であしたへ続く言葉を呼ぶ
青い水面のかなた
輝くひかりの射しこむ朝に

Ⅲ

仙境の釣り橋

遥かに釣り橋のかかる仙境の村で
ひとりの老婆が逝った
突兀と山が迫り　千年を流れ続ける川音が
変わらずその日を鎮めた
信じられぬことだが生まれてから九十年
この村以外　出ることはなかった
一切の乗り物に乗れなかった
唯一渡ることのできた葛《かずら》の釣り橋
人が語るとおいとおいまちの有様を
目を細めて聴き入った

山の春に頭をもたげる山菜
つれあいが亡くなってからの長い年月
日がな一日　干しゼンマイを売った
何日も力を込めて揉み　乾燥させたもの
一日の始まりに祈りがあり
お大師さまの生まれた方角に深く頭を垂れる
祈りは安らぎを呼び　無力さを補うため
さらに祈った

お四国参りの善男善女が
山の味を珍重してくれた　それだけで十分だった
変わりなく山が山であり続け
川が止むことなく川であれば
老婆の一日は平穏なうちに続いた
だがいつか

ゼンマイ採みは老婆の手に余った

店とも呼べない房の戸を閉じた後
老婆に見えるのは祭りだった
村の祭りがどんなに晴れやかであったか
幾日も語った　語りながらいつか祭りを抜け
葛の橋の上にいるのだった
赤い着物に日傘をさした娘
輝く時代の色香を一身に浴びて
今やどんな世界の橋も超えることができる

栗の花（一）

男は目を細めて　白い花を見あげる
するといっせいに男の背に広がる故郷にも
細長い白い花があふれだす
県境の雪深い村に　静かに五月がはじまる

ガソリンスタンドに立ち続けた男の手は
常に油にまみれていた
日本の高度経済成長を底で支えたとしても
栗の花を忘れることはなかった

九人の子供の母が作る栗ご飯は
この世で絶対の食べ物として
男の胃袋を温めた
記憶に残る母の味
囲炉裏に鋭い音をして爆ぜる栗の実が
男の朝と夜を潤した

石油の高騰でただ一度
高笑いできたとき　鶏小屋の側の栗の実が
音をたてて落ちた
どこの地に栗の花が咲こうとも
栗は男の笑いであり
栗は男の愛である

「わしを忘れたらいけんで」
ベッドの上から弱々しい笑顔で言った

故郷から隔たった街で
六十年の生涯をとじたとき
胸から熟れて硬いものがこぼれ落ちた
爪を真っ黒にして働き続けた私の叔父

辺境の山里に　ある夜
雹のように降るものがあったという
男は栗の花として　故郷に帰りたかった
咲き誇る忘れられない花として

栗の花（二）

うっそうと白い花は空を覆う
獣の咆哮にも似た匂いは
歓喜だろうか怒りだろうか
樹が溜めこんだ宇宙を
今こそ時と　発散させる

記憶の中の花は今も痛々しい
生きることの猛々しさが
時をまって私の中を巡る
六道輪廻に鈴を鳴らして

坂道の一番きつい登りで
祖母がふうーと息を吐いている
屈めた腰を立て直しながら

餓えないことだけを祈ったという
暗い土間を行ったり来たりしながら
満たされていくものと
やがて欠けていくものとを見続けた
緩慢な時のすきまに
逝ってしまった者たちの
笑いや足音をくり返し聴いている

その時　栗の木がざわめいて
同じ時間を生きるものへ
そっと挨拶をする
ひそやかな夕まぐれ

いろどりの村

黒煙をあげて汽車が近づくと
山々にかこまれた村は震える
震えるたびに疲弊する　ついに姿を消す

川音だけが静寂をやぶる
橋脚の高い木橋をわたりきると
そこからが村のはじまり

霧に覆われ　うっそうと茂る樹々をぬける
代を重ねてもかわらず

地にすがるように生きものの顔がのぞく
点在する屋根にはひょろ長い草
囲炉裏に薪をくべ　土くれをならし
地と山と川の恵みを口にした

薄紅色に染まる初夏
おんなたちの胸はなまめく
シャクナゲの花の宴

荒れた手で飯をにぎり
フキやワラビの煮物を詰め
子供らとはしゃぎながら山にむかう
野良着からはだける胸をゆらし
誇らしげに花を愛でるとき

村はにわかにはにかんで至福をだく

おとこたちは　時代の足音にさらされ
靴紐をきつく縛り村をでていく
踵を返せない者　残された者の悲哀そこのけ

青霧が薄く流れ　声を殺し天を仰ぐ村人に
逆巻く川音が同じ哀しみをひびかせる
母に手を引かれわたった遠い木橋

眠るようだった村は
ダム湖の底
忘れられた荒れ地のかなたにありし日が
祝祭を謳う声がきこえることがある
シャクナゲは哀しみを積みかさね

枝を撓めて色香を残す

遠雷

板の上で魚は
釣りあげられた刹那にもどる
黒びかりする体をおさえ
上体を傾け呼吸を整える
父の手の鋭い刃物が
魚の内部を奔る
遠い水の国で亀裂が走る
にわかに空が掻き曇り
遠雷の予兆
七夕の笹飾りがぬめっとした肌

の上を揺れる

父の海では舟の人となってさえ
堕ちてゆくものを久しく測っている
地上での刺さる棘も受身の傷も
水との格闘であり残滓である
そのようにして海を手放し
舟を降りることができる
繰り返される旅のかたち
いつの時代も魚は
男たちの報奨
獲るものはやがて獲られる

今では一匹の魚は象徴として遺される
父の生きた証しであり
見知らぬ男の冒険譚でもある

色褪せた魚は西日の当たる古びた部屋で
人々の賞賛を聴いてきた
魚だけが知る過去も惨劇も
天発つ至急便の届く日は
蒼ざめてただ緘黙な耳となっている
いつか
星の川を巡る
ひかる体であるために

水のあした

傷痕

一面の土筆を手折ろうとすると
指の先から煙と見まがう　うすいものが起ち
土筆が秘めるほの暗さに戸惑った
秘めているものは　あふれだす
捨て去ろうとした想い
掌に残る煙の傷痕を見つめるたび
心の襞を染み渡るものが
下唇をしびれさす

時のかけら

醇呼とした水に晒され
見え隠れするザゼンソウ
雪の残る湿地に　記憶のように震える仏焰苞《ぶつえんほう》
乱れた靴跡をかき消した突然の霧雨
濡れた手がさ迷った山道のいきどまり
窮鳥の声なき叫びが堕ちていく
深山の霊気を浴びて
逸脱した日が溶けはじめる

波動

真っ赤に燃えるフウの葉は
病んだ闇の底で

攪乱した日を鎮めるだろう
月の牽いた水音が葉裏を伝わり
揺れ続けた時をいたわる
閑寂の雫が体に満ちて
うねりを大きくしては跳ねる
あした澄んだ空を映す流れに
思念を包んだ葉がそっと乗るだろう

約束の海へ

またも月見草の野っ原だ
走り抜ける足先で
昨夜　月明かりの地上を
ぼんやり照らした花の残滓が
ぽとり落ちる

少女は待っていた
海を背にぽつねんと
胸に抱いた夏のひかり
もぎ取られそうな青い実

船虫の隠れ急ぐ岩場で
交わされた約束
青い時は　焼けた砂地に剝きだしになる

ちぎれてゆくあした　さ迷う大人たち
二人が波音に揺られ
めざめ　あおざめ
未熟な時を濡らしながら
方策もなく天を仰ぐ　口をつむぐ

波が木製の階段を打ちつける
海に降りるまでの途方もなく長い時間
今は階段のどの辺り
揺れる想いが痛めた腕と腕を行き来する
入れ替わったものをそっと持ち帰る
あしたが新しくなるまで

父や母にも言わない

あれからあの子は　手にしたものを
どこに埋め込んだろう
誰に聞いてもそんな子は
知らないと言う

月見草の寂しく咲く野っ原を
記憶の足が走り抜ける
約束の海へ
置き去りにされたままのあの日
熟す青い実
表皮は日に晒され　泣き笑いのよう
海からの風に吹かれている

幻の魚

夢に舟を浮かべる
小さな木舟は水をゆらし
葦原に跳ね返って進む
遠くに水鳥が浮かび　やがて
干拓湖となった湖上にとまる
静寂が辺りを靄のように包んでいる

父が釣り糸を垂れる
水の中で糸がキラリとひかり
半回転しながら沈んでいく

湖面をみつめる父のまなざしはみえない
こうして長い時をすごす
時間の中で魚は　金色にゆれたり
赤く浮かんでいたりする
その怪しさに胸がときめいてくる

人はそれぞれ魅せられた魚を手にするが
父のように目の前を泳ぎすぎる魚さえ
摑み切れない者もいる
ただ自分の中でいつまでも　幻の魚を飼っている
何者にも代え難く　心をゆらすもの
ついに妻にも理解できなかったが

舟の中の私は五　六歳にすぎない
のちに　父の心情は私にかぶさる
ひそかに摑み切れない魚を泳がせている

やがて舟はどこへ進んでいったろう
未明の空に佇むとき　色とりどりの魚が
夢のように泳ぐのが
私にもよくみえる

父の舟

父の背から舟が出てゆく
未明の空を滑るように
ついに父はその手に
輝く月を持つ時をえた

生者の海は豊饒な命のほとばしり
曳いてもひいても尽きない
求めくるものを際限もなく満たす
親や弟妹を背負わねばならなかった父は

たぎる血潮を封印して
望む水からは遠い職に就いた
背に隠した舟からは
ときおり水しぶきがあがり
舵が不能になり自らに生じる怒りは
荒波となって日々をゆらした

唯いちど舟にのった記憶
幼い私を舟縁に座らせ
朝靄を突いて櫓を漕ぎだす
遠い目をして水先を見つめる
父の内側を欠けた月が静かに巡る
小さな魚を釣りあげたとき
驚きの声をあげ私を誉めたが
激しく唾棄したいものが
父の胸からこぼれ　水底をうねった

鎮めた舟がある日逆流する水を捕らえた
父は覚悟のように水を解く
背が明るみ　時つ海に月があがると
朝の食卓に賑わいがもどる

夢に佇む父はいつも無言
私もまた舟を隠し持つことを知った父よ
不器用にしか生きられない娘に
解き放つ時はくる　と
遥々と見せに還ってきた

大西久代（おおにし・ひさよ）
岡山県に生まれ、大阪、千葉、津山などに住む。
詩集に『風わたる』（一九九九年、編集工房ノア）がある。

現住所
〒五六〇－〇〇五四　大阪府豊中市桜の町六－二十一－七－三〇三

海《うみ》をひらく

著者
大西久代《おおにしひさよ》
発行者
小田久郎
発行所
株式会社思潮社
〒一六二―〇八四二　東京都新宿区市谷砂土原町三―十五
電話〇三（三二六七）八一五三（営業）・八一四一（編集）
ＦＡＸ〇三（三二六七）八一四二
印刷・製本所
創栄図書印刷株式会社
発行日
二〇一二年十月十日